攬雲

莊皓云詩集

莊皓云
——著

作者簡介‧莊皓云

　　1991年生於台北。從小學一年級在媽媽帶領之下，開始嘗試寫詩，踏入詩的世界有一半則緣自於祖父、也是知名詩人莊柏林的鼓勵。從小喜歡閱讀、繪畫與寫詩，母親是最忠實的讀者。

　　曾獲得《國語日報》童詩金榜，小學六年級畢業，同時出版了一本詩畫集《云采集》，紀錄了幼稚園到小學的詩作、繪畫作品，此詩畫集還獲得《講義》雜誌「2003年度幸福書籍」的殊榮。《台灣現代詩》曾刊登其詩畫集，並作新人介紹。

　　目前持續創作、投稿中。

詩情畫意的蛻變

詩人律師、前國策顧問／莊柏林

孫女莊皓云自國小六年期，出版云采集詩畫以來，現已是大二的學生，其間，詩畫都有進步，而達驚人的意境。

此次，皓云擬再出版詩畫集，以畫家傳承自她的曾祖父莊榮後，以詩藝傳承自祖父的我，經她媽媽同為散文作者的劉郁敏出言，要我作序言。

皓云二○○九年五月九日提筆撰寫：「爺爺莊柏林雅正的詩畫集原稿」，翻出二○○五年十一月九日，刊載於台灣現代詩刊十六期的〈換季〉，是這樣寫著：「夏天的離開，拖著沉重的腳步，我在不知名的世界出現，遠遠的看著，冷風的侵襲，我不怕不慌不忙，只為秋天上了淡淡的妝。……你也冷眼旁觀，好奇的空氣，沿著河床往下溜，夏天的足跡，一整夜還沒消去，只是在旁看笑話，秋風也不知所措。」

二○○三年六月二十八日撰寫的〈牆〉，有這樣的詩句，「這邊建了一面牆，那邊建了一面牆，我傾聽，貼著牆，傾聽又傾聽。這邊無聲，那邊多話。」刊載於台灣現代詩刊二十六期。

二○○八年十一月二十三日撰寫的〈友子的情書〉，刊載於台灣現代詩二十六期。內容這樣寫著：「那男人擱下筆，甲板：徘徊中的憂鬱。他在國境之北，她在國境之南。紅線在戰爭的祝融中。一九四五年，『友子，我在眾人熟睡的甲板上反覆低喃，我不是拋棄妳，是捨不得妳，……我會假裝妳忘了我，……』語正歇，珠淚又布滿雙頰，情人各自遠揚。」是海角七號的詩語言，我就是「阿嘉」的代名詞。

我還是重複以前的序言，她的畫，有立體、抽象、現實、印象等畫風，甚至也有超現實者，詩藝，則從直接的現實語言，逐轉進入現代主義的隱喻，而臻自然韻體的境界，實值看，也堪讀。

做為爺爺的我，真樂為之作序言。

當一個快快樂樂的創作者

話畫家希望藝術　藝術總監／林世雄

人對於圖像與文字，自始都是最親切、最容易理解的。從二〇〇八年開始閱讀皓云的現代新詩，可以感到情境之空間感。在多次研讀中，倍加珍愛文詩之美。因此！建議皓云創作相關喜愛的題材，產生了一系列樹紋等圖像而成集此事。

幻想是人類最可貴的思考模式，保有一顆敏銳柔軟的心，感受這個世界的美，想像讓人不斷的成長於快樂滿足之中。

皓云是個乖巧的孩子，作畫的過程中，能察覺到她的投入及專心，絕不因外在的因素，稍作停頓或中斷，沉靜及孤獨對一位投入創作的孩子，可說是相當的辛苦，所幸！這些考驗並未造成皓云負面的情緒，指導創作的過程中，激發更多衝擊性的想法，也讓她看見自己的成長及塑造了其作品的完整性。

期待皓云能不斷保持這種唐吉柯德式的思考模式，讓豐富的想像力延伸。當一個快快樂樂的創作者。

創作的路，我不孤單

莊皓云

依稀記得大約十五年前，母親帶著年幼的我在陽台邊，一邊觀察著盆裡的孤挺花，一邊把鬆散的字拼湊出完整的句子，完成我的第一首詩篇，再加上詩人祖父的耳濡目染，開啓我創作詩句的路。

在即將從國小畢業之際，終於累積了一定份量的作品，搭配在繪畫班上課的圖畫作品，集結成冊出版第一本圖文書，作為一個成長階段的紀念，雖然距今時間相隔已久，但現在想要寫出這樣的字句、畫出如此童眞的圖像也不太可能了，反而覺得這樣一本作品實在很特別。

升大學的暑假有了新計畫，母親鼓勵我再將國小畢業之後的作品編排出版，其中大多創作於國中時期，希望這次的詩集也能紀念我一個成長階段的結束，但這次出版拖延了兩年多，已大學三年級的我再讀到國高中時期的文字，又有些不滿意，認爲還是過於粗淺又稚氣，甚至想動手修

改一些詩句，但母親告訴我，那樣的年紀就適合那樣的文字，改了就不是當時的你會寫出的句子了，因此作罷。

圖畫的部分，在大一時，教導我繪畫的林世雄老師為我規劃了一個主題，利用樹木的木紋及年輪，並搭配上不同於原來褐色的色彩，產生出新的生命，當時我在兩個月的暑假內完成了四十八張不同配色的作品，有時須在畫室待上一整天，經常拖著疲憊的身軀坐車回家，但當所有作品都完成後，將疲累感取而代之的是成就感。

這本書的完成要感謝幾位為我付出的人，首先是我的詩人祖父，他的啓蒙帶領我看見了詩句的唯美，並持續鼓勵我繼續創作；以及我的母親，我常常忙於學校的作業，出版的瑣碎事情都是她處理的，注重完美的精神態度也能呈現出好的結果；還有父親，平常忙於上班，

公司裡偶爾有與我課業、創作上相關的資料，時常不忘帶學習資源回來給我；再來是青芳媽媽，書中一些編排與想法、畫作拍攝都是她一手包辦；最後是林世雄老師，不只教導我更多繪畫上的技巧，也為本書提供想法與方向，並在習畫過程中鼓勵我。

常聽一些創作人說創作的路有些孤單，但我感覺到，有了為我付出，並與我分享的這些人，創作的路似乎一點都不孤單。

目 錄

春暖

枯木的枝頭
嫩葉的萌生

我是那風雪中的炭
你不需感到驚訝
瞧那微小生命的輝煌

度過了斜風細雨
久違的春暖就在眼前

2007.10.29

天海相連

到處漂流的玻璃
經過妳的眼裡
化作一件外衣
藏在妳的心
就像海中一條魚

輕輕劃過天際
卻粗心沉入海底
手上握著一支筆
一字一字寫入日記
寫出妳的仔細

殘雜的記憶
牽絆著友誼
雖然已麻痺
友誼只差幾毫米
我們有我們的秘密

踏著階梯
通往夢中的河堤
快樂值得珍惜
穿著純潔的白衣
天使在等妳

2004.09.10

彩虹

你說你喜歡有雨的午後
享受這滋潤大地的香檳

我說我喜歡有雲的早晨
欣賞這點綴世界的髮夾

當雨滴滴落下
我已躲得不知去向
你卻仍站在街上
任由雨的揮灑

雨過天晴
你頂著太陽快跑
害怕雲的俯允
我卻快樂無比

夜晚
雲　看不見
雨　卻摸得著
千　言　萬　語
你總是說雨好

七嘴八舌
我總是讚雲美

不是欣賞花雨
你又何必多言
記得嗎？
雨和雲出現的霎那
他們猶豫
我們閉嘴
不管你說什麼
雨和雲之間
好一個燦爛的彩虹

刊登於更生日報副刊　2003.06.15
　　　　　　　　　　　2011.10.18

時間消失了

如果時間消失了
平淡的日子　充滿無助
在道路　甚至
隧道的盡頭
無奈……

如果時間消失了
我和妳　會倒在床上賴床
忘了時間　為何
沒有時間的指示　黑夜
　　　　　　　白天

淡淡的妳　還是
這麼的愛賴床
但　我也只會抱著棉被
數著綿羊　閉著眼睛
時間已太晚了

輕輕的我　還是
這麼的忙不累　解釋
蒼蒼的白天
捧起地上的野花
時間浪費的太久了

2003.08.13

換季

夏天的離開
拖著沉重的腳步
我在不知名的世界出現
遠遠的看著
冷風的侵襲
我　不怕　不慌　不忙
只為秋天上了淡淡的妝

不要對我充滿敵意
你的眼光奇異
秋風吹掉我的帽
你也冷眼旁觀
好奇的空氣

沿著河床往下溜
夏天的足跡
一整夜還沒消去
只是在旁看笑話
秋風也不知所措

2003.11.09
刊載於「台灣現代詩」16期 2008.12

風中的暮色——大屯山

夏夜涼如水
風景與我擦身而過
蟬鳴唱起了
無數的回憶

一回頭
遙遠的彼方
我漫步在小徑上
陪伴著的　只是些蟬

在我們的談吐中
我發現了
在山中的清幽
陪伴著的　是輕鬆

捲起我的手
不斷的吶喊
那迴盪在山中的
代表些許的意涵

摘下一朵花
那是來自自然的美麗
淡淡的暮色
唯一的彩妝是浪漫

徐徐微風
奇妙的緣份
讓我發覺到
躲在夕陽中的妳

2004.08.29

橋

在那裡
有難忘的回憶
不堪回首的
令人不斷回想的　都有

妳站在那
我在斑馬線上
妳用風
將訊息傳向我
我悄悄的　發了封回信
在那裡
有我們快樂的　回憶

2004.08.01

水牛

當陽光照耀大地時
水牛拖著沉重的眼皮
眼睛上下的磁鐵互相吸引著
努力工作
從不喊累
直到夕陽西下
今夜的結果
是否和明早的開始串通好
似乎只過了一秒
早晨的水牛
動工了

2003.11.15

腳步

冬天的腳步
我跟不上
曾試著與它婆娑起舞
卻總是讓它絆倒
不給我扶一把

窗戶旁
望著雨不停的下
我在何時沒了思想
路人的腳步

有的重　有的輕
卻充滿著焦慮

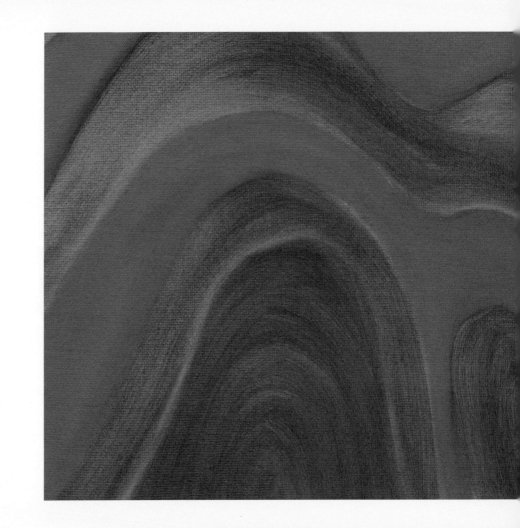

打開日記
為什麼我忘了上鎖
為了追逐腳步？
　冬天的腳步放慢了
只是為了秋天
更長的延續
　　但
　雨　瀝
瀝　　還
　再　下
　　　………

2003.11.03

花兒飄

妳微彎的眼似月
徑旁的花兒在飛
舉起杯
嚐盡所有酸甜

月光下滴淚
花兒更悲切
誰打亂這輪迴
只剩下風雪

喃喃只是空悲切
咱們等待下次相會
月兒笑花兒癡
只懂得回憶

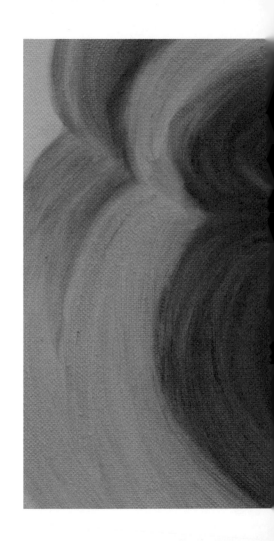

五千年化成灰
明月看破這一切
輪迴結束了沒
這麼令人膽怯

草兒離去
花兒哀傷
再舉起杯
一切風風雨雨
一飲而盡

2005.11.13

雨天

冷風吹來
雨已飄來
為什麼？
在這個天氣裡
回憶結了冰
連綿不絕的山峰
留著一滴又一滴的水
是雨還是淚？

搖晃樹枝
月光如此清晰
樹林學會自己躲雨
屋簷下　你卻還撐著傘
我穿過所有距離
雨點滴在心裡
淹滿了我的思想
雨　為什麼還在下……

　　　　　　2003.11.09

29

夢初醒

破曉前就遺忘
舉起了杯　不醉不歸
天初亮　忘了誰
她一人獨自垂淚

牡丹花開給誰
畫中還是那麼美
提起了筆輕輕一撇
花兒悲傷枯萎

在溪邊
伸手一點
漣漪隨之蔓延
彷彿千年之戀纏綿

杯中倒影如山水
她圈起手一吹
所有相思蝴蝶翩翩
長長連成一條線

紅樓之夢　　初醒
身軀微偏
牡丹花片片散落
少女不願揮別
夢　　初醒

2006.03.05

狂風

不是我就可以感受到
更不是你就可以看見
望向那平坦的草原
不！
是那荒蕪的沙灘

在黑暗的墓地
狂風是幽靈的喜好
乘著它
飛向
在遙遠的國度

2003.11.06

入秋的向晚

山是靜的
你將滿山的綠往背袋裡收
樹頭的鳥兒倦了
再也支持不住
那滿山滿谷的翠綠
如山洪般傾瀉

坐在橋上的你
垂釣著秋意正濃的斜陽
卻不小心將他掉入河裡
沒關係啊
那就等等明月吧
也許李白會划著木舟來陪你

秋意更刺鼻了
一陣涼風掠過
哀愁上了橘色的妝　飄落
我彎身拾起　握在手心
狂風吹落了殘留的枝椏
卻吹不盡我手中滿滿的哀愁

2008.08.08

35

遇見

我走向前
與妳相見
在海邊
蝴蝶翩翩

我走向前
妳已看不見
天使在沉眠
表情很靦腆

爬上山巔
夢想怎麼這麼遠
繞了一圈
妳還在海中擱淺

青藍色的天
帶我走到地平線
繞一圈
終於和妳遇見

2004.09.14
刊登於更生日報　2011.11.30

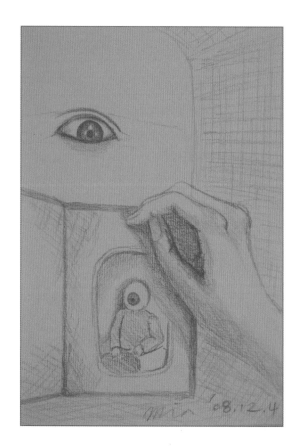

窄巷的陰影

陰暗的雨天
把紅磚潑了一身濕
直喊——
「你活該！活該！」
無情的天氣　紅磚
低喪著臉

當白天把信交給黑夜
紅磚沒命的穿梭在窄巷
黑夜的尖笑　回蕩
在圍牆的盡頭
「你…逃不了」……
紅磚的軍隊　敗了

當青春走在窄巷
年老的回憶喚著他
「你也會變老的——」
青春的面霜掉了
年老的面孔成了年少　但
陰暗的卸妝棉　毀了他的面

2003.09.27
刊載於「台灣現代詩」14期　2008.6

讓今天成爲過去後，請微笑

深刻嗎？
展露在陽光下的淚水
透過模糊的雙眸
請你輕撫回憶的瘡疤
那痛楚扎入心坎

很深刻啊！
煎熬後的疲累
如此的猙獰
用勇氣
包裹氣餒

知道嗎？
褪色的心
麻木不仁的生命
請不要那樣想啊！
世界不會如此不負責任

我知道啊！
離開　孤獨的枷鎖
放棄　扣上的地圖
就讓我再也感受不到顫抖
讓今天成為過去後　請微笑

2008.06.05

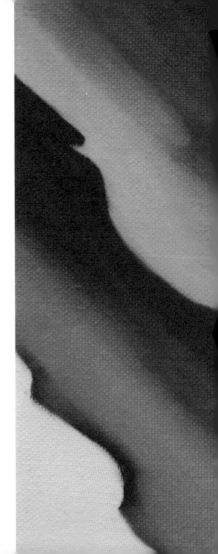

月亮

它只知道他的存在　沒有
時間的概念
只有微微的光芒
告別平日的黯淡

淺淺的光　一層
又一層
希望妳的笑容不會
變老

輕輕的　輕輕的
月　告訴我　孤單裡的寂寞

2003.08.13

蛻變

日子總是過得很快
妳也總是醒得很慢
告訴我時間
有　無概念？
絕望了　絕望
妳我已蛻變
昏睡成了　習慣

妳想畫個方形　或圓
拿了筆　尺　圓規
蛻變　蛻變
妳的圓形圓嗎——
妳的方形方嗎——
「不，一點也不」
「是嗎……」
妳呢？
沒了

天變了嗎？
雲走了嗎？
問題是這麼的匆匆
妳也是回答的隨便
美麗的日子裡
我得到了什麼——
無知的妳我　還是
　　蛻變……

2003.08.13

牆

這邊建了一面牆
那邊建了一面牆
我傾聽
貼著牆
傾聽又傾聽

這邊無聲
那邊多話

2003.06.28
刊載於「台灣現代詩」26期　2011.06

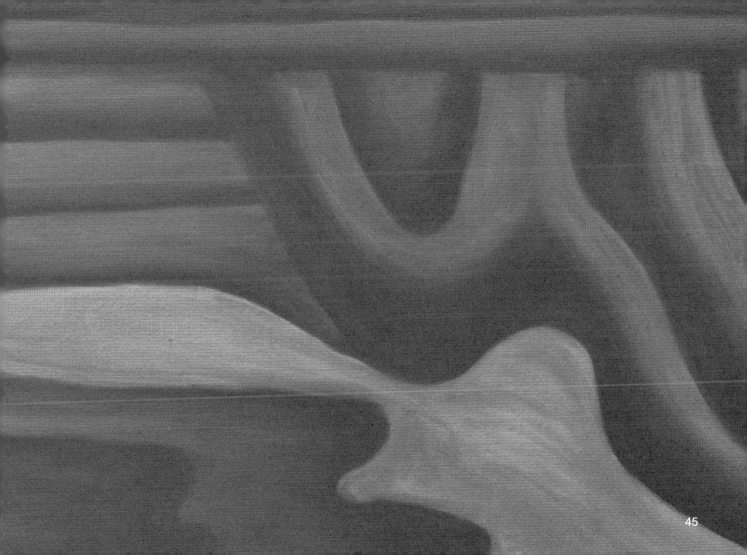

晴天

就在一剎那
霸道的你停了手
把手放在頭頂準備挨揍的我
茫然抬起頭
你卻咧嘴對我笑

這是晴天的功效

2004.02.13

故事

就算是有輪明月
在我的眼前
從未伸手捕捉
如果這麼一伸手
哪怕它粉身碎骨

看過綠色的世界嗎？
那太和諧
未曾有人試著感受
卻使人結巴

我需要風
它使人輕盈
我需要雨
它使人純潔
我需要雲
它給我無限的想像

我望著青鳥和蝴蝶
有著共同的理想
任由西北雨
那些雨
是數不清的回憶

我將它闔起
妳的日記上了鎖
但那不重要
帶著我的故事
將它寫給妳
那無數的瘋狂
雖是輕描淡寫
內容卻是輕狂與生動

2004.09.03

落花

手指頭
數不盡的惆悵
無顏的枝頭
還記得那數日的璀璨啊
開口說點話吧
別再懊悔了
昨日的溫柔
你永遠也捕捉不住

2008.10.26

遠古的世界

沿著地下道
來到流著血的世界
它帶領著犧牲者
戰火連綿不絕
等待東方人的來臨

山峰的頂端
馬的蹄聲
拉長自我的回憶
化為熱騰的翻滾
閉目省思

遠古的記憶
刻在骷髏的空白思想
純白的歌曲
歌頌著早晨
眼神不住搖晃

搖著古老的檯燈
樹影隨之而貪婪
一步一步接近
老鼠騷動
是貓的終極目標

躺在樹梢的黑暗
把妳拖入地窖
令人窒息的審問
一聲一聲如同十二點的鐘
敲敲敲敲入心中

步回地下道
彷彿無止盡
我走不到眼中的終點
越來越遠
嗜血的世界在咆哮……………

2003.10.26

53

小城的雨

肩上只背著一只小小的行囊
腳已無力
只有望著遠遠的前方
尋找我的目標

心中的光還在停留
我早已躓步離開
火還在燃燒
雨在四周下著
熱與冷的交叉口
我失落　迷惘
甚至消失
還有存留嗎？

我步伐蹣跚
一步一步
沒有任何例外
我已懼怕
雨　淋溼我　打著我
我的血已流
隨著雨淋漓落下
不停的滴落

小城的雨一滴又一滴
使我更無力
沒了　沒了
啊
小城的雨……

2003.06.25

懸崖

徐徐的風　吹在
斷崖的邊緣
忽冷忽熱的驚嚇
把尖叫裝在玻璃瓶中
溫柔的夕陽
被黑夜打敗

我失落在懸崖
無速的往下墜
天跟著我的速度暗明
往下墜　往下墜……
往下墜　往下墜……
我失落在深谷

輕輕的草　飄在
空氣的中央
自從荒蕪時代
就一直沒有享受風的吹拂
像風一般的妳
說著不存在的故事——

從前　從前　我
喜歡聽風的祝福
它　從懸崖的斜坡
一直往下滑　往下滑
在無底洞　翡翠的山谷
山的回音　我錄在收音機

「風在唱歌嗎——」
「也許它睡了。」
「懸崖頂端是它的家。」
「大地是它的床。」話末了……
妳要睡了
我也睏了

當雨下了
天哭了
山累了
地醒了
我要從夢中驚醒
讓懸崖的光禿　化為灰燼

妳的時代不再是流行
時尚的花朵開在妳腳邊
是我刻意安排的命運
我同意了　妳同意
把花摘下
青春枯萎了　收音機的感
傷──

從前　從前　我
喜歡聽風的祝福
它　從懸崖的斜坡
一直往下滑　往下滑
在無底洞　翡翠的山谷
山的回音　我錄在收音機……

草雜的收音機
我聽不見它真正的回音

2003.09.13

農村少女

是誰在窗外
唱著如夜風的歌
那悲傷的曲
如乾枯的枝椏
圍繞著茶色竹籬笆
照映著夕陽

這一片安詳
染上了黑墨
少女消失的回憶
多麼想憶起那彩色的童年
想起祖母的床邊故事
屋簷滴落的水珠
如她的回憶漾開

黎明的瞬間
少女歸來
乾枯的枝椏
茶色的竹籬笆
少女想起了七彩的童年
不遠處
家鄉似在向她招手了

2006.09.17

那一天

記得那一天
一張年幼的臉
站在山水畫前
上面寫了些什麼字眼
你站在我的前面
山峰就在天邊

快樂在晴天
你在那遠遠的泉源
海岸景觀已不復見
彩虹又再出現
心靈悄悄開始興建
你我還漫步在花園

2004.07.26

霧

充滿著嬉笑聲
一步一步
就像天使的腳步
卻在這時烏雲密佈
天空就這樣讓人擺佈

颳起雪
你就這樣如此的
忘了自己是這風雨中的一戶
打開窗戶
對著玻璃一呼
沒有思想的霧

2004.07.26

荷蘭的少女

哼著愉悅的旋律
那穿著長裙的少女
手拿著銀幣
用力擲向前面的草地
希望煩惱離她遠去

望著山坡上的婚禮
心中漾起一波波的漣漪
像花朵般的美麗
對自己的期許
被河水慢慢帶去

女孩的快樂在哪裡？
它上哪去？
孤單的表情
那麼的憂鬱
她心裡唱著什麼曲？

少女還在猶豫
她的故事是何種結局？
快樂？孤寂？
還是一個人離去？
難過的心情

別洩漏秘密
拿著木笛
吹著一曲又一曲
睡去的心靈
何時才清醒？

一個人的時間裡
少女踏著木鞋
熟悉的歌曲
重現的快樂心情
她找到了她的完美結局

2005.05.08

國度

充滿歷史的國度
奔馳而來的梅花鹿
沿著山脈的小路
倘著血泊的靈魂
填滿眼光的湖
敵視路過的事物

佇立在一旁的路燈
這世界的不知足
成為這民族
來自山中的墓
成了女孩的織布
一針又一針的組織這國度

2003.10.26
刊載於「台灣現代詩」20期　2009.12

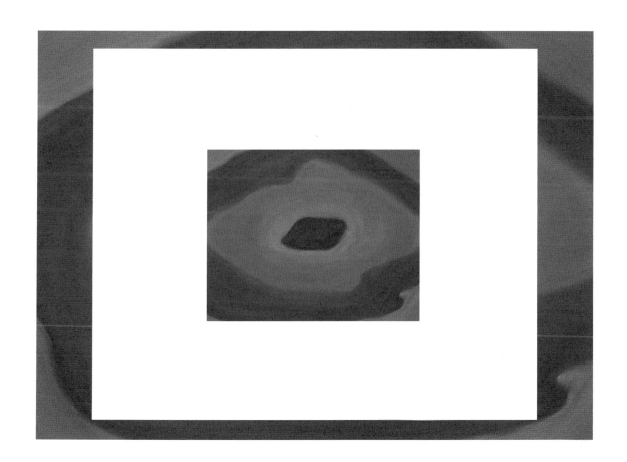

山景

隨著花香
一步又一步
蒼蒼的　茫茫的
輕輕撥開濃霧
還記得從前的往事
淡淡的　淺淺的
有如山上茶園的　芳香
有如小徑旁的溝渠　被淡忘

拾起落葉
一陣清風吹過
悄悄的　輕輕的
又吹向山的盡頭
告別落葉的生活
漸漸的　深深的
山坳間的丘壑　黯淡下來
山麓邊的野草　孤獨寂寞

踏著步伐
茂盛的樹林裡
依舊飄來花香
悄然回首
香氣鑽入我心中
在盛開的花叢裡
琴聲忽隱忽現
撥開土壤　種下琴的回音

似乎過了一秒
還是停了一年
層層的山巒　蒙上面紗
自山麓到山巔
我經歷了什麼
你遇見了多少
夾雜在山峰　急流之中
彷彿依稀又聽見山中傳來的琴聲

2003.07.12
刊載於更生日報副刊　2011.11.17

踏雪

我踏雪而來
月光下那絲絲的惆悵
踩著紛飛白雪
驕縱的穿越山澗

青春年華
我如同孤舟上的漁父
一輪明月
是你最不能忘卻的

那是孤獨
垂釣著江雪
白茫茫的大地
是赤裸又冰寒的心

我踏雪而來
步履蹣跚
腳下不是行過的雪痕
是久別的初春

2007.10.29

68

初秋

驀然回首　只見
淡黃的一片　顏色
掉了嗎？
楓樹隨風搖擺
彷彿在掙脫　風的束縛

嫣然一笑的姑娘
淡淡的妝
襯托著西風的日子
裙襬上的花瓣
一片一片掉落

在什麼時候　風
穿過楓樹林間

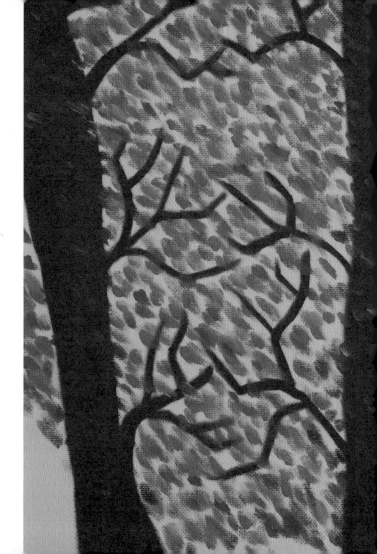

吹落樹葉
飄在空氣中
呼吸的　不正常

移動腳步
聲音在地面行走
搬走樹叢中的秘密
聲音的神奇
無話可說

無趣的蝴蝶
又上了面霜
躲在花朵間
沒有任何目的
遊蕩在一波波的花浪中
嬌羞的微風
是否為秋天的問候語
拉著長裙

揮灑著落葉
搗著嘴偷笑

浪漫的夕陽
傾斜的影子
深邃的雙眼
凝視著夢境中的自己
瘦弱的身軀

楓樹已清醒
星光明耀
驀然回首　只見
淡黃的一片　顏色
掉了嗎？　掉了

2003.08.24

71

嚮往

我站在大街上
抬頭看天上
對著雲朵欣賞
一不小心數著綿羊
跌入那充滿美夢的晚上

走在小巷
對著磚牆塗鴉
牆上的女孩擁有翅膀
卻閃著淚光
簌簌的落向地上

浪漫的晚上
向著山坡晃
躺在草皮上
有閃亮的燈光
城市的夜晚沒有星光

想要飛翔
純真的思想
隔著玻璃窗
看見我的嚮往
就在萬里無雲的太陽旁

2005.05.06

青春

當我抬頭
看看鏡中的自己
腦中　一片空白

飛快　清醒
時尚　流行
是否就是青春

你得快步
跟在我身後
千萬別回頭
一回頭
我　決不等候
讓你日漸老化

2004.04.21

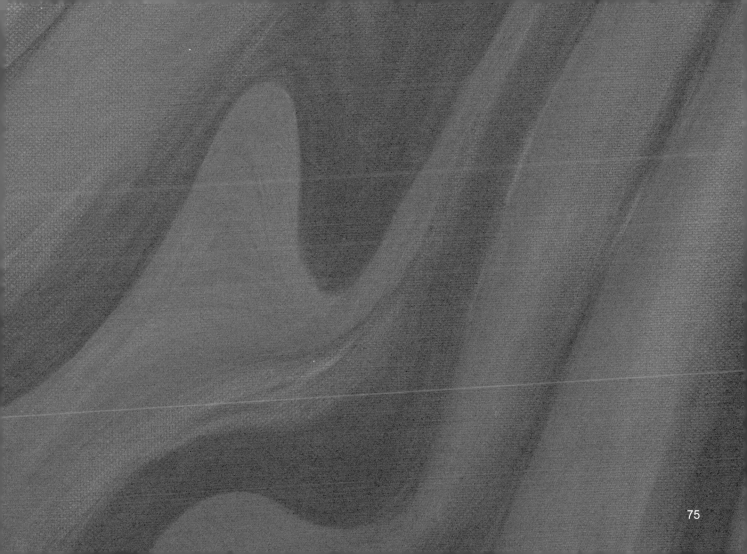

魂舞

她慢下了步
唱著手中的譜
彩色被逮捕
燒著恐懼的爐

狂風在哭
滂沱大雨在耍酷
爬滿屋的蜘蛛
她努力奔到森林深處

這樣的罪誰來贖
哭喪著臉躲進被褥
成為無名小卒
找不到回家的路
只好餐風露宿

飛舞的鸚鵡
跟著邪惡的女巫
在有月光的下午
她拿出魔杖占卜

鐘乳石的窟
萬丈深的谷
以魂魄為僕
回到令人窒息的墓

2004.10.16

灰白世界

那寂靜似的夜
你是盤旋於古堡的鷹
哭號著淒涼

被遺忘的廢墟
古老巫女的呢喃
聽　來自遠方的記憶
正敲著塔頂的青鐘

一切的聲音
最終歸於靜謐
一道月光
劃破廢墟的哀愁

那寂靜似的夜
我是唯一光線中的灰塵
無視這灰白的世界

2007.10.30

花巷

也許
那只是想像
緊閉著雙門
為何是雙門
因為
我們正走在時空的路上
回憶著以往的情景
心在閃爍著

回憶那花巷
花草樹木
一叢又一叢
似乎
遙不可極
神秘難捉摸

輕閉雙眼
天也暗了
看不到那美麗的夢境
畫在心中的那幅畫
欣賞過嗎？
從未發現

回憶的路上
時間變好慢
在那年代
空氣好悲傷
原來
是花巷在被欣賞

2004.08.11

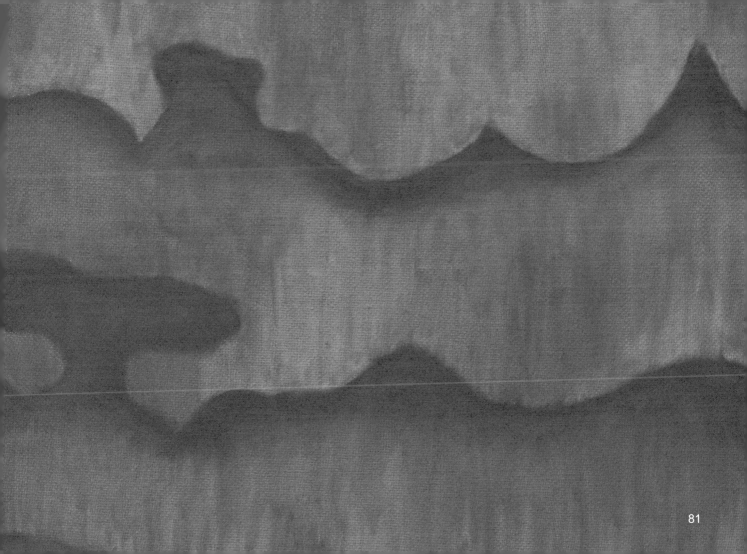

安平的港邊

我剛從海上來
港邊的風吹撫著
溜過甲板的細縫
我笑了好幾萬年
等著荷蘭軍隊來
看著他們被趕去

帶著笑意的心情
把門關上　我要夢把我帶走
走遍大員　永遠在夢的櫥窗裡
微微笑的嘴角
唱著安平的小曲
黑夜的星辰
還在港邊徘徊　躊躇……

2003.11.06

82

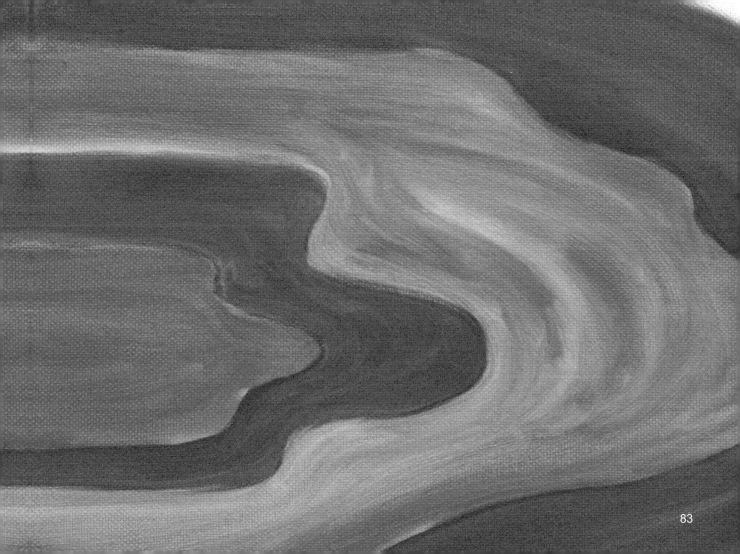

玫瑰花瓣

屋內還留著
當年的濃濃花香
它靜靜散落在窗口　那是
一片孤獨的花瓣

在街道巷弄
那是第二次感觸
走在回憶的路上
時間似乎也因我　停止了

在窗台門口
那又再一次的感觸
濃　又似　不濃
如何說明？

當妳再看到它
也許妳不認識了
但它依舊散發芬芳
比一簇花還燦爛

也許妳會因它而感動
代表妳仍未忘了
那美麗的臉龐
不需告知妳
妳也懂它心情
從不在乎—
它只是一片輕飄飄的花瓣……

2004.08.11

冬天的話

當朔風狂戀著沙
並帶走她唯一的年華
凋謝的是她心中的花

荒蕪中孤立的枝椏
沒有人比她更傻
請帶走她好嗎

一步一步的輕踏
你聽見了嗎
那是冬天的悄悄話

2007.11.29

源頭

回到家
放了書包
學校的點點滴滴
在我的腦海中迴旋
像心中的扉頁
一頁一頁
像頑皮的一片雲
像勇氣　像動力
這一些
是舐犢情深

記得吧！
小羊跟著媽媽的樣子
長大了　獨立了

源頭在哪裡？
不在天上
也不在山嶺
但我知道
我的源頭在——
家中辛苦的媽媽

2003.12.24

風箏

我仰著頭
凝望著天上成群的鳥兒

我仍仰著頭
凝視著方的
圓的
三角形的鳥兒

看啊！
好似要墜落

在那一剎那
又像驚鳥般奮力一蹬

2008.10.26
刊載於「台灣現代詩」27期　2011.09

橋，溪，月光

彎彎如月的橋樑
湖面照映得很美滿
老街的書坊
斑剝的磚牆
崎嶇的小徑上
你搖著鈴鐺清脆響

銀白的月光
映在童年的面孔上
我走到溪旁
一輪明月伴著星光
溫柔的臉龐
讓小溪一片安詳

呆坐在溪旁
撈著月光
所有的想像
隨著小溪流向遠方
往遠處望
那是最純真的模樣

2006.11.26

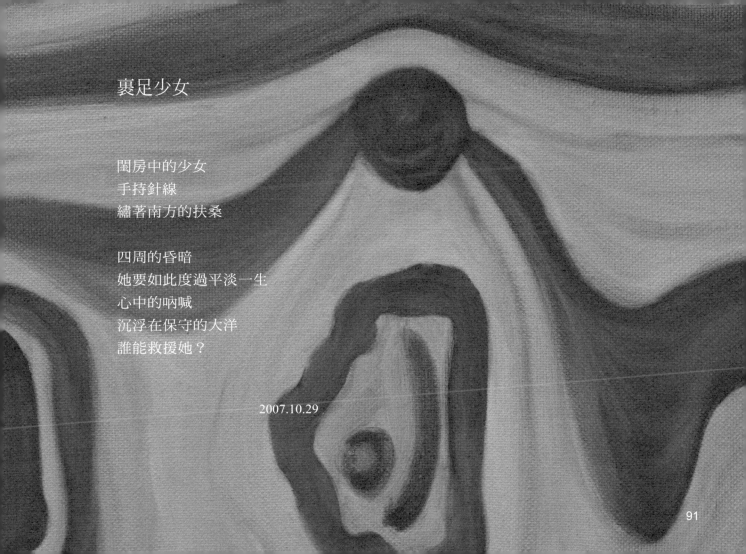

裹足少女

閨房中的少女
手持針線
繡著南方的扶桑

四周的昏暗
她要如此度過平淡一生
心中的吶喊
沉浮在保守的大洋
誰能救援她？

2007.10.29

91

夜雨

凌晨三點半
街燈亮了
屋舍睡了
突來的驟雨
讓全身泥濘的你
像這條街般的頹廢

我說這世界
有你我的存在
在黑夜裡匍匐
都不認輸
你我都如此的堅定
要讓每個人都知道

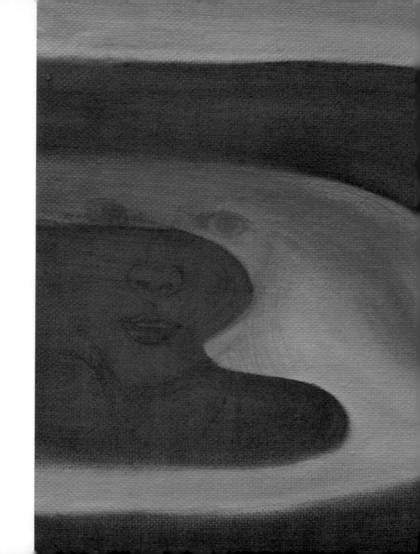

這世界在咆哮
惟獨我們很寧靜
夜晚如此漫長
我們都明白
夜只是一天中的一角
天亮後誰會明瞭

凌晨五點半
農人踏入了晨曦
滿田的泥濘
是你離去的痕跡
我望向天際的彩虹
是你留下的禮物

2006.08.12

揮灑青春

青春
沒有一定的標準
任由它狂奔
不要耍沉悶

白雪繽紛
我打開了門
一陣冰冷

你的臉很誠懇
拉著我的手一起——
揮灑青春

2005.07.16

窗前

凝視著窗前的街道
路車一一開過
雨滴滴落下
孤獨的夜晚

路人如動畫
悄悄穿過小巷
留下點點足跡
他們已遠去

觸摸窗上的露水
抹抹身上的汗水
多麼天壤之別
窗前的夜晚露出蛛絲馬跡

2003.06.28

一個人的快樂

在淡淡的彩霞餘暉中
　關了燈
輕輕拿起筆
在紫橘色的浪漫中
享受這即將黑暗的一煞那

揮揮腦中的不愉快
太陽雖還有些刺眼
卻有沉靜的滋味
就像浪漫的
左岸咖啡

聽著音樂的旋律
心中的芭蕾舞者
踏著熟悉的腳步
帶著我
飛躍過無數山峰

那芭蕾舞者
也喜歡夕陽
飛躍過彩雲
尋找她的芭蕾佈景
如今找到了嗎？

乘著小船
跟著陶淵明
來到桃花源
就如夢境般
一直在我的腦海中

拉起小馬
「走！
咱們騎馬去！」
這是……譚嗣同
我們相遇在法源寺

還是跟著鄭板橋？

我討厭一板一眼
你寫你的正經八百
我創造我的
六分半

還意猶未盡嗎？
快樂　在哪裡？
一個人？
是孤單嗎？
不　那是一個人的快樂

2004.10.02

秘密

在我的腦海中
踢踢答答　是誰的聲音？
與我相遇在叢林間
是戰士　騎著馬
飛躍無數的高山　深谷

望向無際的天邊
不知是天連著海
還是海連著天
偷偷回頭看了一眼
別有洞天的石穴

踏一步
陷入充滿回憶的沼澤
雙手揮舞著　等待幫助
卻被呼呼的風吞噬
只留下孤獨的　回憶

你雙手捧著無知的石塊
一顆 又一顆的　投入河中
看見了 邪惡的倒影
輕輕跪下
藏著珍貴的秘密

2004.07.26

99

友子的情書

那男人擱下筆
甲板；徘徊中的憂鬱

他在國境以北
她在國境之南

紅線斷在戰爭的祝融中

一九四五年
「友子，
我在眾人熟睡的甲板上反覆低喃
我不是拋棄妳 是捨不得妳……
我會假裝妳忘了我
一直到自以為是真的
然後……
祝妳一生永遠幸福……」

語正歇
珠淚已布滿雙頰
情人各自遠颺

2008.11.23
刊載於「台灣現代詩」26期　2011.06

緊張

坐在等待的椅上
忐忑不安
心情全然寫在臉上

忽覺這單人椅
顯得有些擁擠
赫然發現
緊張已佔了椅子的大半

2007.06.11
刊載於「台灣現代詩」　2008.12

瓶中信

隨著風流
逐漸往低處飄
輕輕的瓶子
是北方的祝福
把感受寄託在南方的小島

我把瓶子塞輕輕拉開
淡淡的北風自瓶中吹出
芬芳從遠方的國度到來
把我的紅茶芳香吹散
融合在天上的星星

倒在床上的瓶子
胡亂的翻著信
裡頭盡是北風的字跡
佈下天羅地網
幸運草的第一瓣掉了

隨著風流
逐漸往高處飄
空空的瓶子
是南方的回禮
但看不見的是滿滿的回憶

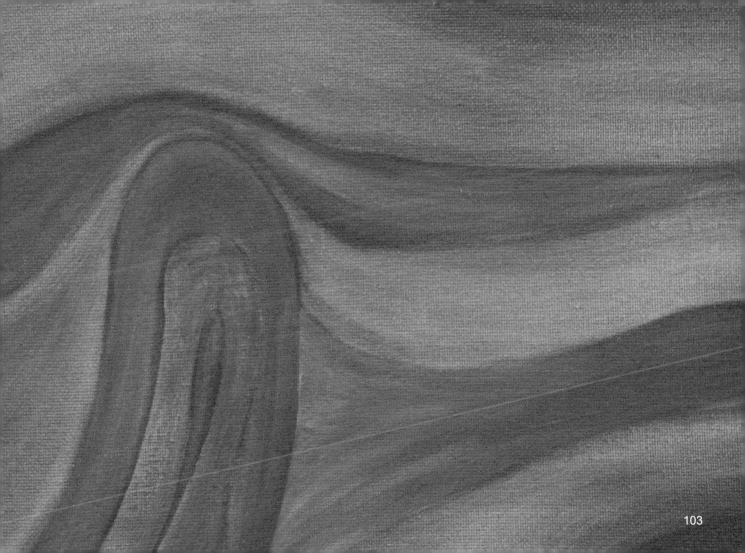

詠江南

長長的黃浦江　　　　　　　累積已久的歷史　點點滴滴
滔滔的河水　　　　　　　　走在牆邊
湧著我的心情　　　　　　　隨風而來的鐘聲　一聲聲
外灘邊　東方一顆明珠　　　敲在心頭
人來去匆匆　　　　　　　　花朵飄然而下
千禧兩千的上海　　　　　　像寒山寺在流淚

望著小船　　　　　　　　　「到蘇州，不遊虎丘，乃憾事也」
心跟著它蕩漾　　　　　　　蘇軾如此詠頌著
周庄的天空　　　　　　　　踏上一階階石梯
隨著時間昏暗　　　　　　　真是別有洞天
寂寞的石橋　　　　　　　　不見底的劍池中
化入夜晚的星空　　　　　　埋著虎丘的歷史

飛來峰靜靜的望著遠方
一線天帶來一絲光芒
悄悄的　又沉睡了
深深的杭州西湖
淡淡的歲月　微風輕輕吹
時間的秒針已沉入湖底

階梯層層上中山陵
國父的努力不只這些
足以佔滿臺灣
朱元璋的野心
樹林深處　黃土下　一時一分一秒
漸漸消逝

當夜燈亮起
南京燈會顯得熱鬧非凡
亮麗的夜晚　永難忘懷夫子廟
走在蘇州拙政園
抬頭看了看天空
悄然已離開充滿歲月的江南

2003.07.02

會不會

我們會不會
如沙暴中的細沙
在一陣廝磨中
互相殷勤關切
然後
相忘在風的話中

我們會不會
像海洋中的兩葉扁舟
在茫茫際遇裡
為了如海底撈針的機率而珍惜
然後
道別在海流的漩渦中

或者
在多年以後
看見對方鬢已斑白
然後
在針一般細的眼中
搜尋到彼此的　日漸憔悴

2008.12.04
刊登於更生日報副刊　2011.11.24

愛／生／死

愛

心與靈魂的窗口
用炎熱的瞳透視這一切
火繩圍繞的異度空間裡
北極星般的純潔

生

望著夏娃的雙眸
如同胎兒在母體腹中
不需用口鼻的輔助
心臟激動的呼吸

死

領著不再留戀的行囊
淚在充滿年華的臉上奔騰
閉上眼瞼的那秒；逆光的盡頭
生的出口

2008.11.23
刊載於「台灣現代詩」19期　2009.09

藍色狂想曲

如果有個藍色的宇宙
看不到任何真實情感
這告訴我們那有多憂鬱

如果有片藍色的森林
請把我推向它們
我會深深地愛上

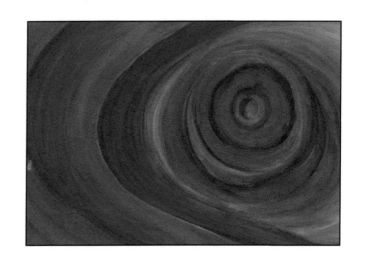

如果有雙藍色的瞳孔
讓我看見人們的臉
所有笑容都是全新的藍色地平線

如果有顆藍色的心臟
在破曉的青色光彩下
那將是最安心的避風港

如果一切是藍色的
倔強如海洋 或 溫馴如落葉
堅守暴風雨邊緣僅有的彩色

打開收音機吧
讓蓋西文的狂想曲流洩
直到空氣滿是藍色的氣味
瘋狂飛奔吧
直到所有名字被遺忘
直到再也跑不了 摔在碎石上
流出令我驚駭的藍色鮮血

2009.02.15
刊登於台灣時報副刊　2011.07.07

陰天・晴天

牆上的鐘沉悶的敲著
苦悶的空氣　壓抑著
冷空氣隨著風呼嘯
那種空洞
沒人可以體會

爐中的火彷彿張開它紅色的嘴
吞噬了木炭
黑貓進入了夢鄉
牠是否也有夢魘
在夢中無情的肆虐

我爬上山巔
只要抬頭就可以看到藍天
自由的放縱
不是空虛的感覺
想一步登天

天氣有時很善變
颳起大風大雨
快要冷到掉眼淚
跌入萬丈深淵

睜開眼
無比的清新
不再颱風下雨
完美的風景
相信明天也是晴天

2005.10.10

寒冷

就在空氣不一樣的同時
一種不可思議的神秘
飄著讓人厭惡
卻又不可避免的感覺
當手慢慢張開
它　似乎在忍受什麼

飄著細細的雨
夾雜著　強勁的風
那是　寒風刺骨

2004.01.25

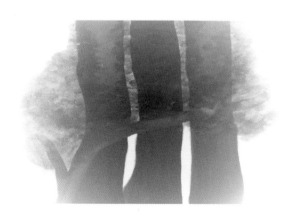

113

夢想

藍藍的天
你凝望著　思考
一朵雲彩能承載多少回憶
一張唱片能收錄多少歌曲
總是沒有答案

在你心中
有多少個夢想
等花兒開　夢實現了沒
雙手合一　祈禱
夢將會實現

十字路口上
怔怔望著行車
如果　夢也可以奔馳如此快
會不會沒有煩惱
也許是吧

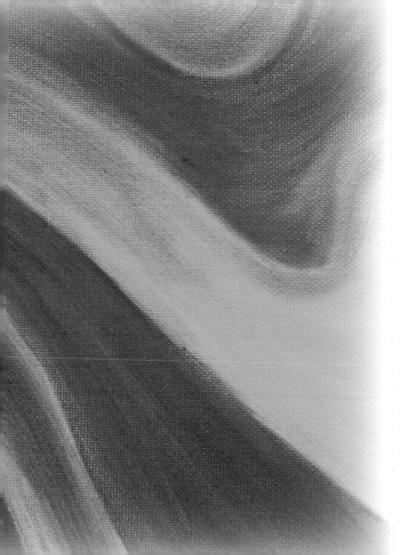

我們擦身而過
我感受到了　你的願望
就如同我的一樣
那不是不切實際
而是追求自己的目標

花兒開了　如此燦爛
當我抬起頭
陰天不見了
你鼓勵的笑容
跟著我的夢想　飛翔

2006.06.04

讀詩人21　PG0716

 攬雲
　　　──莊皓云詩集

作　　者	莊皓云
責任編輯	黃姣潔
圖文排版	劉郁敏、蔡明慧
封面設計	莊皓云

出版策劃　釀出版
製作發行　秀威資訊科技股份有限公司
　　　　　114 台北市內湖區瑞光路76巷65號1樓
　　　　　電話：+886-2-2796-3638
　　　　　傳真：+886-2-2796-1377
　　　　　服務信箱：service@showwe.com.tw
　　　　　http://www.showwe.com.tw
郵政劃撥　19563868　戶名：秀威資訊科技股份有限公司
展售門市　國家書店【松江門市】
　　　　　104 台北市中山區松江路209號1樓
　　　　　電話：+886-2-2518-0207
　　　　　傳真：+886-2-2518-0778
網路訂購　秀威網路書店：http://www.bodbooks.com.tw
　　　　　國家網路書店：http://www.govbooks.com.tw
法律顧問　毛國樑　律師
出版日期　2012年7月 BOD一版
定　　價　350元

總 經 銷　創智文化有限公司
　　　　　236 新北市土城區忠承路89號6樓
　　　　　電話：+886-2-2268-3489
　　　　　傳真：+886-2-2269-6560

國家圖書館出版品預行編目

攬雲：莊皓云詩集 / 莊皓云作. -- 一版. -- 臺北
市：釀出版, 2012.07　面；　公分. --（讀詩人
；PG0716）BOD版
ISBN　978-986-6095-91-7（平裝）

851.486　　　　　　　　　　　　101001021

讀者回函卡

感謝您購買本書，為提升服務品質，請填妥以下資料，將讀者回函卡直接寄回或傳真本公司，收到您的寶貴意見後，我們會收藏記錄及檢討，謝謝！

如您需要了解本公司最新出版書目、購書優惠或企劃活動，歡迎您上網查詢或下載相關資料：http:// www.showwe.com.tw

您購買的書名：_____

出生日期：_____年_____月_____日

學　　歷：□高中 (含) 以下　　□大專　　□研究所 (含) 以上

職　　業：□製造業　□金融業　□資訊業　□軍警　□傳播業　□自由業　□服務業　□公務員　□教職　□學生
　　　　　□家管　□其它_____

購書地點：□網路書店　□實體書店　□書展　□郵購　□贈閱　□其他

您從何得知本書的消息？

　　　　　□網路書店　□實體書店　□網路搜尋　□電子報　□書訊　□雜誌　□傳播媒體　□親友推薦　□網站推薦
　　　　　□部落格　□其他_____

您對本書的評價：(請填代號　1.非常滿意　2.滿意　3.尚可　4.再改進)

　　　　封面設計_____　版面編排_____　內容_____　文／譯筆_____　價格_____

讀完書後您覺得：

　　　　□很有收穫　□有收穫　□收穫不多　□沒收穫

對我們的建議：_____
_____

11466
台北市內湖區瑞光路 76 巷 65 號 1 樓

秀威資訊科技股份有限公司 收

BOD 數位出版事業部

（請沿線對折寄回，謝謝！）

姓　　名：＿＿＿＿＿＿＿　年齡：＿＿＿　性別：□女　□男

郵遞區號：□□□□□

地　　址：＿＿＿＿＿＿＿＿＿＿＿＿＿＿＿＿＿＿＿＿＿＿

聯絡電話：(日)＿＿＿＿＿＿＿＿＿　(夜)＿＿＿＿＿＿＿＿

E-mail：＿＿＿＿＿＿＿＿＿＿＿＿＿＿＿＿＿＿＿＿＿＿＿